À Claire M., en souvenir de nos années lycée,
avec ma plus fidèle amitié.

Gwladys Constant

Le coup de Kif

oskar
éditeur

Quand j'étais plus jeune, genre en classe de cinquième, je ne parlais pas "le jeune". Je parlais le commun, le passe-partout, le courant, sans relief, comme moi. Non seulement je ne parlais pas "le jeune" mais même je ne l'aimais pas. Cela dit, je n'aimais pas non plus "le snob". Gabriel, un camarade de classe, ne disait jamais « quoi ? » ou « pardon ? » mais « plaît-il ? » - la honte... Donc moi, c'était "le quelconque", mais attention bien organisé : sujet, verbe, complément, et quand je voulais un peu me la péter, une ou deux propositions subordonnées. D'ailleurs, j'aurais voulu qu'on parle tous comme ça, histoire d'éviter quelques malentendus. Par exemple, j'adore mes grands-parents mais, quand même, leur façon de dire, c'est juste pas possible. C'est même pas de l'ancien français, du temps de la guerre ou je ne sais quoi. Non, ce sont des phrases qu'eux seuls et quelques paysans autour peuvent comprendre. À l'autre extrémité de l'incompréhensible, il y a "le prof", surtout "le prof de français", et ce qu'il donne à lire à ses élèves.

Ce que je suis en train de raconter, parce que je me perds en circonvolutions (mot de la langue "érudite"), c'est qu'on se fourre tous le doigt dans l'œil parce qu'il y a pas une langue maternelle ou je ne sais quoi qu'on prétend nous apprendre à l'école mais des langues à n'en plus finir et, dans la vie, pour s'en sortir, vaut mieux en maîtriser plusieurs et tant qu'à faire, dégainer la bonne au moment opportun pour pas passer pour un blaireau.

Mais le problème, mon problème à moi, celui dont j'essaie de parler depuis tout à l'heure je crois bien, mais je tourne autour parce que parfois, c'est succulent d'attendre, il n'a que cinq lettres et est facile à comprendre : Lucas, en étymologique "Lumière." Un mètre quatre-vingts, élève de terminale L, mais pas la même que moi, ni pour les mêmes raisons. En ce qui me concerne, ç'a été ce qu'on appelle un choix par défaut, qui est une manière de dire que t'as pas le choix même si on fait comme si on te le laissait : trop nulle pour aller en S, trop moyenne pour aller en ES, résultat de la soustraction : filière L, sans option pour pas charger le sac de cours. Bref, le minimum du bac. Ma Lumière, lui, depuis que je l'ai vu une ou deux fois au CDI et dans le couloir du bâtiment B avec un recueil de poésie, *Salut, tu lis quoi ?* je lui dis en ouvrant grand le fard à paupière, et il répond *Aragon, Les yeux d'Elsa*, j'ai compris que, premièrement, il était en L parce qu'il voulait ça et que, deuxièmement, j'aurais bien aimé m'appeler Elsa. J'ai oublié de préciser, mais ça va de soi, qu'en plus de tous les français qui existent, y a différentes déclinaisons suivant qu'on est une fille ou un garçon, et vu que ce jour-là il a replongé dans son bouquin sans rester accroché plus d'une seconde à mon mascara, j'ai capté que ça voulait dire en « garçon » *Dégage, tu m'intéresses pas*. Enfin, pas encore, parce que derrière mes phrases policées, je suis un tantinet obstinée.

Lumière est arrivé en cours d'année, après la Toussaint, et il n'est pas passé inaperçu, ni dans sa classe, ni dans les autres. Y a même des filles qu'ont fait la tête à leurs parents parce qu'ils les avaient poussées en S alors que depuis la crèche elles rêvaient d'aller en L. Il y avait la queue devant le bureau du CPE, pas pour les beaux yeux de celui-ci, ce qui était une première, mais pour lui demander si on pouvait changer d'orientation en cours d'année. Bon, j'exagère un peu, hyperbole en parler littéraire, mais rien qu'un peu. Lucas, ce fut une détonation. Je ne parle même pas des gamines de seconde qui campaient devant le bureau de Mme Cécile, la responsable du CDI, pour savoir ce que Lumière avait emprunté comme livres récemment. Quand Mme Cécile a dit Zola – je le sais parce que j'étais à côté à ce moment-là, vu que j'étais venue pour la même raison que ces apprenties Lolita –, l'une d'elles, la plus maquillée par-dessus ses boutons (y a pourtant d'infinies nuances de nos jours en matière de fond de teint, on prend pas créole quand on a la peau blanche nuance cadavre), a demandé *Il a fait quoi Zola comme manga ?* J'ai pas pu m'empêcher d'éclater de rire pour le plaisir de la supériorité en langue « patrimoine culturel » et je suis ressortie avec *Le Rêve* sous le bras, ce qui était déjà une première victoire.

Mais avec ma tendance à la médisance (on dit aussi « langue de pute »), j'en oublie la chronologie. La première fois que j'ai vu Lucas, c'était justement son premier jour au lycée Marguerite-Yourcenar, il m'est entré par les yeux si violemment que j'avais plus assez de forces pour fermer ma mâchoire sur le brownie de la cantine. Mes copines, quand elles ont vu l'affaissement de ma mandibule et les miettes noires sur mes dents du bas, elles se sont retournées dare-dare en quête de l'événement. Miléna est revenue vers moi, parce que ça se fait pas en langage corporel de rester scotchée trop longtemps sur un mec, et a bafouillé : Ah ouais, carrément, ce qui dans sa langue à elle, et dans les grandes lignes, signifie *Il est trop beau !* Juliette m'a regardée, a haussé ses sourcils parfaitement épilés, et n'a rien dit. Pour la première fois depuis qu'on se connaissait, on partageait un truc qui s'appelle le mutisme.

C'était ça, mon problème. L'épicentre du tremblement de terre, valeur 9 sur l'échelle de Richter. La faille de San Andreas dans mon parler standard. Sujet, verbe, complément venaient de se retrouver écrasés sous des tonnes de gravats. J'en étais au point où j'essayais de me souvenir comment on fait pour manger.

Ça n'a l'air de rien comme ça, mais je ne m'étais jamais retrouvée en panne de mots. Avec toutes ces manières de parler qu'on a, et même si, comme je l'ai déjà dit, j'avais une préférence pour le « courant », je croyais naïvement qu'on pouvait passer par tous les états et la ramener quoi qu'il arrive, surtout pas demeurer coi. Et là, j'en étais réduite à sucer des miettes de chocolat avec, sur le bout de la langue, un mot qui ne voulait pas venir, peut-être parce qu'il n'existait pas. Bien sûr, j'ai pensé au verbe aimer, et fait le tour des synonymes, *adorer, apprécier, chérir, affectionner, raffoler* – ce qui était encore le mieux parce que dedans il y a *affoler* et *fol,* mais sans convenir tout à fait. Aimer, c'est banal. C'est tout le monde. Ce n'est pas Lucas. Ni moi à ce moment-là. *Coup de foudre* est tout aussi quelconque. Il y a des mots, comme ça, à force de les employer, on les use comme de vieux draps, et on n'a plus envie de se rouler dedans, de s'y glisser tout nu avec ses rêves. Et puis, dans *aimer*, y a pas de degrés, juste des temps : futur, présent, passé composé voire, longtemps après une rupture comme mes parents, imparfait. On s'en sert aussi bien pour les copines, la famille, les vedettes de la télé, les livres ou les fringues, *j'aime ton jean, tu l'as acheté où ?* On est tous pareils, on voit bien que le mot est caméléon alors on lui colle des adverbes *un peu beaucoup passionnément* pour essayer de gagner en précision.

Bref on est sorties de la cantine, moi et les copines, pour partir à la pêche aux infos. On s'est dirigées vers un groupe de terminale 2 qui fumait devant la grille, ce qui en langage lycéen signifie

« on est cool ». Miléna qui n'a pas la langue dans sa poche a lancé à un des garçons *Vous savez qui c'est le bogosse ? – Le nouveau ? – Oui, on n'est pas en train de parler de toi.* Et c'est là que j'ai su son prénom.

À partir de cet instant-là, j'ai eu deux objectifs dans la vie, et c'était bien la première fois : 1) trouver les mots qui diraient *Lucas*, et 2) sortir avec Lucas.

L'aide décisive, ç'a été Abdoulaye. Ah, celui-là, c'est vraiment mon pote ! Il est black, comme on dit, parce que noir ça fait raciste mais en anglais ça passe (en espagnol, c'est juste pas possible : *negro,* c'est méchant). Quand j'étais au collège, je n'avais pas d'amis garçons, que des filles, une habitude depuis l'époque des Barbie et des cordes à sauter, à part Paul-Henri qui jouait avec nous à la poupée, mais quand j'y repense, c'est chelou, je me demande bien ce qu'il est devenu. Mais en troisième, une fille que j'aimais bien parce qu'il faut bien aimer quelques personnes pour pas être tout seul, *no life* en anglais, m'a signalé d'une bouche compatissante que ne pas avoir de copains garçons quand tu es une nana c'était *complètement has been.* Je me suis mise à faire attention. Abdoulaye et moi, on est assis côte à côte en philosophie, sept heures par semaine, c'est ta punition quand tu fais littéraire, et c'est pour ça qu'on est potes, parce qu'il n'y a pas de meilleure façon que la nécessité et l'ennui pour se rapprocher. Et puis il me fait bien marrer, ce qui est une autre bonne raison de s'entendre avec quelqu'un. Abdoulaye, la philo, ça le fait vraiment triper. Au final, j'ai droit à deux cours en un : dès que Mme Paulin, surnommée Spinoza, a dit quelque chose, Abdoulaye se penche vers moi pour me donner sa version des faits et des idées. Après, j'essaie de me faire ma propre opinion mais le plus souvent, j'en ai pas, parce que je vois bien que tout le monde a raison, Platon, Aristote, Kant, Mme Paulin, Abdoulaye, ça dépend des présupposés. Bon, je crois que je m'égare mais ça fait rien : Abdoulaye, il méritait bien un détour et quelques lignes. Il m'a vraiment aidée, pas trop en philo, je plafonne à 9 de moyenne, mais en parler, le jour où il m'a balancé – *Je t'aime bien Karel, t'es cool, mais tu causes toujours comme un corrigé de bac blanc, faut te lâcher un peu... – Je ne comprends pas, tu veux dire quoi ? – Justement ça, t'aurais pu me dire « j'ai rien pigé » mais non, toi, tu fais une phrase bien propre sur elle, c'est relou sérieux – Bah voyons, je serais plus cool à tes yeux si je disais « t'es chiant le Renoi j'cause comme je veux, pigé » ? – Yesss*, il a sifflé, *ça balance pas mal !* Il a fouillé dans son sac et en a sorti un CD. *Tiens, je vais commencer ton éducation* ! Il y avait le titre en grosses lettres *Crache ton*... et juste en dessous le nom du groupe, Venin. J'ai pouffé. *Pitié, pas du rap ! – Chanmé t'as quoi contre le rap ? – J'aime pas, ça me saoule ! – Pourquoi ? Vas-y argumente comme dirait Mrs Spinoza ! – J'aime pas ce langage, c'est tout.* Là Abdoulaye il s'est fâché tout rouge, ce qui n'est pas commode pour un noir, même la prof a entendu, elle nous a regardés. *Tenez, Abdoulaye, si vous nous faisiez partager votre analyse sur la notion de choix chez Sartre. – Pas du tout, m'dame, excusez-moi,* il a répondu, *je suis en train d'essayer de faire comprendre les bienfaits du rap à cette bouffonne,* que même Mme Paulin, alias Spinoza, elle a pas trouvé d'antithèse pour lui clouer le bec. Il s'est penché vers moi et a chuchoté un raisonnement en trois parties, avec des sous-parties, et le même connecteur logique à chaque transition, *tu vois,* mais c'est la conclusion qui m'a marquée : *Moi ce que j'en pense, c'est qu'on n'a pas besoin d'une phrase de dix lignes pour dire qu'on a mal, et même les raccourcis, des fois, c'est le plus sûr chemin.* J'ai regardé la pochette du CD et quelque chose m'a plu : c'était pas quatre mecs encapuchonnés qui font un doigt d'honneur, ni une pouf avec les seins qui dégoulinent du soutif rose. *Cliché.* Non, c'était une jeune fille, blonde, dans une robe blanche, style première communiante, le sourire poli, la mèche immobile, avec des yeux sans expression – un peu moi dans le miroir chaque matin. On aurait dit une pochette pour concerto en ré ou nouvelle scène française du genre de ce que ma mère laisse traîner sur la table basse avec ses *Elle* et ses *Marie-Claire*. Sauf que c'était du rap. Dans la vie, ça fait du bien d'être surprise. J'ai embarqué le CD.

Je venais de découvrir Lucas, je cherchais mes mots, j'ai écouté *Crache ton...* et j'ai aimé. Je me suis rendu compte que le rap, c'est une partie du français dont on se sert plus ou moins bien. Le mec qui chantait avait l'air en colère mais en fait il parlait d'un vieux et d'une valise pleine d'étiquettes, de départs et d'errances, d'une photo jaunie, et c'était vachement bien. Quand j'ai écouté « Je la kiffe », j'ai vraiment eu un déclic. J'ai réalisé que depuis le début, c'était le mot que je cherchais. Parce que kiffe, c'est rapide, c'est agressif, et le désir c'est ça, une brûlure qui monte en deux secondes et perfore l'estomac, genre ulcère des sentiments. Tandis qu'aimer, c'est mou, c'est indolent, ça sent la guimauve et le Chamallow, c'est un vieux chewing-gum entre les dents – *kiffer*, ça sonne comme un orage, branle-bas de combat ! Voilà, toute ma vie à ne pas parler le jeune pour finalement réaliser que c'était plein de bonnes trouvailles, parce qu'inventer des mots, ça veut bien dire qu'on n'en a pas assez pour s'exprimer, et faut être jeune pour se révolter contre les limitations de vitesse du dictionnaire.

Après, je n'ai pas tout pris, chaque langue a ses limites, ses manques, ses pauvretés. Tenez, prenez *mec*, *keum*, je trouve que ça sonne comme *marchandise, produit à la mode, objet de consommation*, et moi, je voulais pas le consommer, Lucas, je voulais le kiffer. Il était tellement plus qu'un mec, un keum, un gars, un garçon, que finalement je me suis décidée pour : je le kiffe, cet homme. Et j'avais pas envie d'être sa meuf. Non, moi, je voulais être son Elsa, pour qu'il me lise avec la même intensité que le bouquin qu'il avait dans les mains.

Alors, j'ai pu dire à Abdoulaye en lui rendant son CD *Ça m'a plu, grave,* et à Miléna *Lucas, je le kiffe,* et ça fait du bien d'arriver à le dire après avoir séché pendant des jours sur la copie de la confidence. Elle m'a regardée et elle a dit *Au café du coin après les cours* – clin d'œil, ce qui en « Miléna » signifie *T'inquiètes ma poule, je vais m'occuper de ton cas !*

Pendant ce temps-là, il y avait une autre

personne qui voulait s'occuper de mon cas mais pas de la même façon : maman. Ce soir-là, je suis rentrée à la maison, il devait être 19 h 30, on avait beaucoup parlé au café, *coucou, pardon, il est tard, tu as eu mon SMS ? J'ai travaillé sur une dissertation avec Juliette et Fatima* (comprendre les deux intellos de la classe). – *Mmm, c'était quoi le sujet ?* Elle vérifie toujours, je suis en train d'enlever mes ballerines. « *A-t-on le choix* ? » – *Bien sûr qu'on l'a*, répond maman (soit dit en passant, heureusement que c'est pas elle qui fait mes dissertations !) J'entre dans la cuisine et là, anomalie dans le système. Je constate, incrédule, *Bah il n'y a rien de prêt ? – Pas encore, Karel, j'ai eu ton bulletin du deuxième trimestre.* Mon cerveau déclenche l'alerte rouge. En langue « parents », ça veut très précisément dire « Ça va chauffer ma fille, je vais t'éclater la tête contre la porte du frigo puis la griller dans le four » – au sens figuré, c'est ce que ma mère rêverait de faire à cet instant précis mais elle a du self-control, Dieu merci. *Assieds-toi s'il-te-plaît,* l'alerte monte d'un cran, et en la regardant, ses lèvres pincées pour pas vomir des injures qu'elle regretterait ensuite, je comprends pour la première fois l'immense pertinence du mot : *daronne.* Au fond, ce n'est pas très loin de *dragon*, et ce mot sur le coup lui va vraiment bien. Je vois bien qu'elle cherche ses mots, comme une claque qui ferait pas trop mal, mais vu qu'elle a jamais écouté de rap et que Vincent Delerm ne chante pas des choses comme ça, elle est en panne sèche sur la route de sa colère. Alors, elle prend le bulletin, elle tousse un coup, et elle lit. En résumé, je suis une brave fille, c'est déjà ça, mais j'en fous pas une ramée. En soi ce n'est pas nouveau : le deal a toujours été simple, *Du moment que tu ne redoubles pas.* Mais là, il y a le Bac, et ce mot donne des suées nocturnes à ma mère alors qu'elle est loin d'être ménopausée. Elle fait partie des gens pour qui il a encore un sens, comprendre : sésame ouvrant grand les portes du marché du travail, et j'ai beau lui expliquer *Maman de nos jours on fait plus rien avec le bac,* elle ne peut pas s'empêcher de répondre *On n'en fait pas davantage sans.* Elle a fini de lire, elle replie le bulletin, le pose fébrilement sur le plan de travail où j'aurais préféré voir une pizza *Cheesy Crust* comme tous les mardis soir, et crie comme si elle avait retenu ces mots trop longtemps : *Tu te rends compte ?!,* ce qui signifie, toujours en langue « parents », « Mais ma pauvre chérie tu vas rater ta vie ! Tu crois quand même pas que je vais t'entretenir jusqu'à tes quatre-vingts ans ?! » Évidemment, si comme Miléna j'avais mes deux parents à la maison, je ne me serais pas tirée d'affaire aussi facilement, parce que quand on essaie de rouler la mère, le père lui ne se fait pas avoir et vice-versa. Mais compte tenu de la gravité de la situation – je sentais bien que mon forfait mobile était menacé et qu'à ce rythme-là je n'aurais rien à bouffer ce soir-là –, j'ai sorti l'arme absolue, la confidence de fille à mère : *Maman, je suis désolée, je te promets que je vais me rattraper, j'ai un peu merdé parce que, tu vois, je suis amoureuse.* Ça a marché du feu de Dieu : elle a débouché une bouteille de rosé pour elle et m'a servi un verre de Coca, s'est assise en face de moi, a pris son mobile et passé commande chez Rapide Pizza. Toutes les mêmes les daronnes, surtout quand elles se sont fait larguer par un connard qui a pris la tangente avec une moins ridée, sans bourrelets au milieu du maillot de bain deux-pièces : elles se couchent le soir après avoir regardé la photo de CE1 où leur fille en robe rose avec des couettes montre goulûment son sourire édenté à l'objectif, et songent avec regret qu'il est loin le temps où elles étaient belles, jeunes, aimées et où leur gamine les prenait pour modèle et leur disait tout, le soir, avant de s'endormir sur leur oreiller Hello Kitty. Bref, elle était trop fan que je lui confie un secret, on a parlé pilule, capote, un peu de mon connard de père, de ma découverte du verbe *kiffer*, et la boîte à pizza grasse et fumante a recouvert le bulletin du deuxième trimestre, qui avec un peu de chance est parti avec elle à la poubelle.

C'est pas que je m'en fiche, du bac, mais je pars du principe que je l'aurai, quitte à le passer au rattrapage, parce que faut quand même être écervelé ou y mettre de la mauvaise volonté pour se louper. Simplement, ça fait partie du décor. Ce n'est pas l'essentiel. Ce n'est pas la Lumière.

Miléna avait été très claire sur le plan d'attaque : offensive, phase 1, elle a baptisé ça, en « militaire », comme si se faire remarquer par Lucas revenait à partir en guerre : *Tu dois absolument aller au contact.* Quand je lui ai raconté l'opération « *Tu lis quoi ? – Les yeux d'Elsa* », elle s'est un peu foutue de moi *Pourquoi tu lui as pas demandé son Facebook ou son Twitter, t'as deux de tens' ou quoi ?* Elle a déclenché la phase 2 : *Maintenant que t'es partie sur ça, t'auras l'air d'une bouffonne si tu vas pas plus loin, achète-toi ce bouquin, lis-le et va lui en parler.* Ma mère, elle n'en revenait pas quand je lui ai demandé de l'argent pour Aragon, et je n'en suis pas revenue quand elle a répondu *Tu vas aussi te prendre le disque de Léo Ferré.* Je ne sais pas qui c'est, mais elle a eu l'air de s'éclater à l'idée que notre relation excède soudain les boutiques de fringues. Je l'ai lu, ce qui m'a obligée à laisser provisoirement de côté *Hunger Games*, je dois dire que je n'ai pas tout compris, le « poétique », parfois, ça flirte avec la langue étrangère, faudrait une traduction simultanée. Mais ça suintait le kif, il y tenait à son Elsa, lui écrire un bouquin entier déjà, je me demande ce que ça lui a fait, à cette femme, d'être une muse, et en plus l'avenir de l'homme, si j'ai bien compris. Puis, au risque de paraître idiote, mièvre et tisane Bonne nuit grand-mère, de tenir ces pages, c'était comme d'être avec Lucas, on lisait les mêmes mots, ce qui était déjà une façon de communiquer, d'habiter le même pays.

Je l'ai trouvé quelques jours après, dans le couloir vidé par la récré. J'avais potassé mon texte comme une comédienne. Une phrase. Mais il fallait voir la phrase, hein. Je l'avais pensée, repensée, tournée, retournée, comme la conclusion d'une dissertation qu'on voudrait parfaite, à la virgule près. J'ai commencé par une petite impro, histoire de chauffer la salle : *Tiens, salut Lucas* (v'là la poésie), *qu'est-ce que tu fais là ? – J'attends mon prof de français, j'ai une question à lui poser... – Ah... Au fait* (je me lance, c'est ma réplique), *pour « Les Yeux d'Elsa », j'ai vraiment une préférence pour "Le cantique" à la fin, c'est le meilleur. – Tu l'as lu ?* Je sens poindre une lueur d'intérêt chez Lumière. Il poursuit *moi je préfère "La nuit d'exil" mais qu'est-ce que tu as pensé du travail de la métaphore ? – Du quoi ?* Le professeur sort de sa salle, Lucas s'avance, je me retire en coulisse.

Je me suis répété cet échange dans ma tête toute la journée. Vingt secondes chronomètre en main ont rempli sans interruption six heures de cours. En fin de journée, je l'ai restitué tel quel à Miléna au café. Elle m'a demandé de préciser : *Bon, il t'a bien dit « Tu l'as lu » ? – Oui. – Et il avait quelle tête exactement quand il a dit ça ? – L'air surpris, non, étonné, non interloqué... – Laisse ton charabia, il était genre bonne ou mauvaise surprise ? – Bonne, je crois. – Yesss ma poule ! C'est bon signe, ça le fait ! – T'es sûre ? – Attends, quand même, Lucas, the bogosse, t'a dit « Tu l'as lu ? » C'est vachement bien ! – Cool, je fais quoi maintenant ?*

Je fais une parenthèse pour dire que, je sais pas ce que vous en pensez, mais la vie c'est bizarre. Je serais capable de fomenter une grève au lycée si la prof de philo nous donnait pour sujet de dissertation en quatre heures sur table : « Tu l'as lu ? » Et là, Miléna et moi, on en a parlé non-stop durant deux heures comme si c'était la phrase la plus extraordinaire qu'on ait jamais entendue, et qu'elle méritait une page d'encyclopédie avec vingt notes en bas.

Bref, Miléna a dit : *Phase 3, c'est à lui maintenant de t'intéresser à toi. – Comment je fais ? – Puisque vous êtes branchés littérature, tu te maquilles, tu mets ton jean le plus stretch et ton plus beau string et tu lui passes un bouquin à toi en disant, nonchalamment « Tiens lis ça ». – Grave, t'as raison, ça en jette. – Je serai toujours là pour toi.*

Ma mère a halluciné quand elle a vu tous les livres par terre dans ma chambre (d'habitude, ce sont les fringues et les chaussures). *Mais qu'est-ce que tu fais ? – Je vote pour mon livre préféré.* Elle a souri comme si je lui avais annoncé « Je suis reçue à HSE » puis est ressortie sur la pointe des pieds. Chaque année depuis la sixième, je revends au vide-grenier de la fin juin les livres que j'ai dû acheter pour le cours de français. Sur la moquette, il y avait seulement ceux que j'ai estimés dignes d'être gardés : tous les *Harry Potter, Les Royaumes du Nord, Hunger Games, Hell* de Lolita Pille et *Du rêve pour les oufs* de Guène, prêté par Abdoulaye, j'ai oublié de le lui rendre. C'est là que pour la première fois de ma vie je me suis intéressée aux bouquins dans la chambre de ma mère. Elle était en train de se faire les ongles roses en fumant une Marlboro, elle a sursauté. *Qu'est-ce que tu veux*

Karel (je viens jamais dans sa chambre), *tu ne te sens pas bien ? – T'aurais pas un bon livre, m'man ? — Quel genre de livre ? – Genre bien écrit... comme Aragon. – Roman ou poésie ?* Là, elle m'a scotchée ! Ma mère en train de parler le « genre littéraire » ! Non mais où va le monde ? J'ai failli lui demander *M'man, pourquoi t'as pas fait d'études ?* mais j'avais peur que le sujet de sa phrase soit *ton père.* Elle a traîné un moment devant sa bibliothèque, les orteils écartés par des ronds de coton pour que le vernis ait le temps de sécher et ça m'a étonnée : pour qui elle se faisait les pieds ? Juste pour elle ? Pourvu que je lui ressemble jamais ! Elle a mis un doigt devant sa bouche en tapotant ses lèvres comme si elle s'apprêtait à prendre une décision vraiment très importante puis a sorti limite amoureusement un Folio blanc qu'elle m'a tendu avec un doigt d'émotion : *L'Enchanteur* de Barjavel. Elle n'a pas dit *À ton âge, j'ai adoré,* et je l'en ai secrètement remerciée car c'est l'une des phrases les plus horripilantes qui circulent dans la communauté des adultes.

Cette nuit-là, j'ai dû dormir deux heures. Je suis descendue au salon vers les trois heures pour photocopier : « *Dans cette page blanche, Guenièvre et Lancelot s'aiment.* » Un sommeil si bref, ça ne m'était pas arrivé depuis la mort de Dumbledore.

Maman a crisé le lendemain : *T'as vu ta tête ?! Me dis pas que t'as traîné sur Facebook jusqu'à pas d'heure !* J'ai dit *J'ai lu ton livre, en entier.* Elle a souri, amusée, comme si je venais de lui raconter un souvenir de sa jeunesse. *Jus d'orange ?*

Je ne sais pas ce qu'elles ont les grandes personnes avec les livres, un truc chelou, vraiment pas net, à croire que tous les excès, même ne pas dormir, sont permis s'il s'agit de lire. Ça n'a pourtant pas toujours été comme ça. Au bac français, l'an dernier, on avait Flaubert et sa *Bovary*, Beauvoir et Sarraute, entre autres, et le titre de la séquence était « Les femmes qui lisent »... Elle s'en était vu, Françoise, avec son *Rocambole*. Son père n'était pas du tout d'accord. Sans parler de George qui avait pris un nom d'homme parce qu'*Aurore* à l'époque, pour commettre un livre, ce n'était juste pas possible. Je revois la tête d'Abdoulaye *Donc Alfred de Musset et George Sand, ils étaient ensemble ? Mais alors, c'étaient des pédés ?* Les temps ont bien changé. Le bouquin est devenu une divinité sur l'autel des ambitions parentales.

C'est la récré. J'aperçois Lucas dans un coin de la cour, accroupi. Seul.

Je m'approche. J'ai préparé le scénario avec encore plus de minutie que la dernière fois. Je me plante devant lui, légèrement déhanchée, je lui tends *L'Enchanteur* en me prenant pour Morgane jetant un sortilège *Tiens, lis ça,* dans un sourire, j'ai suivi les conseils de Miléna. Je n'attends pas, des fois qu'il me dirait *Non, reprends-le, je n'en veux pas,* je m'éloigne l'air de rien. Mes copines m'attendent à l'autre bout de la cour, elles suivent ma progression comme un nouveau feuilleton télé, en croisant les doigts, genre *Vas-y, on est avec toi.* Ce que je n'ai pas dit à Miléna, c'est que dans le Folio, j'ai glissé un mot : *Insomnie pour finir ce roman à tout prix. J'espère qu'il te plaira. Dans le cas contraire, ne le jette pas à la poubelle, je l'ai emprunté à ma mère.* Avec le recul, je m'inquiète. Dire que le bouquin est à sa mère, est-ce que ça fait pas un peu bébé ? Ou bouffonne qu'a pas d'argent de poche pour se payer son propre exemplaire ?

Les jours suivants, j'ai croisé Lumière plusieurs fois, *Salut Karel ! Salut Lucas !* Un signe de la main, un hochement de tête, rien. Abdoulaye m'a passé plusieurs CD, Grand Corps malade, Abd al Malik, Souleymane Diamanka, La Rumeur, je lui ai prêté *Hell,* qu'il a bien kiffé, *L'héroïne, je l'ai imaginée un peu comme toi.* Je sais pas si c'est un compliment vu qu'au fond, Elle, c'est une pauvre toxico. Maintenant, je sais, on n'a pas besoin de drogues, quand on a des sentiments.

Puis il y a eu ce couloir, le va-et-vient de

l'interclasse, Lumière plus éclairé que jamais *Oh Karel, attends, j'ai ton bouquin,* il fouille dans son sac Eastpak, me rend *L'Enchanteur* : *Je t'ai mis un mot, à plus, j'y vais, j'ai philo.* Des filles de ma classe se précipitent vers moi *Tu le connais ?!* ce qui en langage « pétasse » signifie *t'es moins naze que je le pensais.* Elles me prennent le bras comme de subites amies, Miléna s'interpose *Vas-y, lâchez-nous, depuis quand vous nous parlez ?* ce qui en Miléna veut à peu près dire *de l'air les mouches ! À moi l'exclusivité du scoop* ! Je lui en veux un peu – ça me plaisait bien d'être soudain populaire. Elle se penche vers mon oreille : *Alors, qu'est-ce qu'il a dit ? – Il m'a écrit ! Un mot, dans le bouquin !* Et là, elle crie comme si je lui avais confié *Ça y est on a couché...* C'est ce que toutes les autres filles croient comprendre – mon quart d'heure de gloire au lycée est assuré.

En histoire-géo, j'ai prétexté un mal de bide, M. Hurlot m'a laissé filer, *ah, les filles !* Il sait ce que c'est, paraît qu'il en a quatre. Je me suis enfermée aux WC, j'avais une envie pressante... de lire Lucas. J'ai sorti *L'Enchanteur* de sous mon pull, et la feuille à petits carreaux, pliée en quatre. *Désolé, j'ai mis du temps à te le rendre, c'est que j'étais dans René Char et c'était ma priorité – je vise une prépa, je parfais mes bases. Ton bouquin, ça se lit bien, c'est gentillet, un vrai bouquin de filles, sans vouloir te vexer, j'ai deux sœurs, la plus jeune ne jure que par « Harry Potter » et la cadette croit que « Hunger Games » est un grand livre, mdr ! Essaie « Le Requin et la Mouette », c'est vraiment bon. Bise, salut !* Je me suis mise à chialer.

En retournant en cours, j'avais les yeux bouffis. La moitié de la classe n'en avait rien à faire, les filles du club « pétasse » ont conclu *Il l'a larguée*, Abdoulaye a eu l'air malheureux, et Miléna m'a fait un signe en tapotant sa montre, ce qui dans notre code secret signifie « tout à l'heure au café ».

Elle a tout fait pour me remonter le moral. *Mais attends, t'es teubé ou quoi, il a marqué bise ! Bise, c'est juste avant baiser ! – T'es sûre ? – Mais grave Karel ! Les mecs, t'as toujours pas compris, ils s'expriment pas comme nous ! Ma mère, elle a lu « Les hommes viennent de Mars, les femmes de Vénus », ç'a vachement arrangé sa relation de couple parce qu'elle a compris que mon père voulait pas systématiquement la faire chier mais que, juste, ils parlaient pas la même langue. J'te donne un exemple : quand mon père sort la poubelle, ça veut dire « Je suis ton homme et j'assume », c'est une déclaration d'amour, quoi ! – OK, admettons, je fais quoi maintenant ? Je lis « Le Requin et la Mouette » ?*

Phase 4 : Miléna a estimé que j'avais assez

perdu de temps comme ça avec la littérature. Pour me le faire comprendre, elle a utilisé une super métaphore : *C'est un mouton, il veut aller quelque part, il marche et tout d'un coup, y a un mur et il se le prend en pleine poire, le mouton, il recule de quelques pas puis il se remet en marche et paf, il se reprend le mur, deux fois, trois fois, comme ça, puis tout d'un coup, le mouton, il a compris, alors qu'est-ce qu'il fait hein ? — Il fait demi-tour ? – Mais non bourrine, ça c'est pour les loosers ! Il contourne le mur et il continue sa route !* Quand même, je me suis demandé si son histoire de mouton, c'était pas un message subliminal pour me dire que j'avais besoin d'une permanente. La phase 4 consistait à être beaucoup plus directe et, en « synthétique », à lui demander de sortir avec moi. À ce moment-là, Abdoulaye est entré dans le café et s'est dirigé vers nous, il a vu le bouquin sur la table entre le diabolo grenadine et le Coca, *« L'Enchanteur », c'est quoi ce truc de naze ?* Là, je sais pas ce qui m'a prise à la gorge, le désespoir, la rage ou une envie de meurtre, je l'ai regardé et je lui ai lancé comme un crachat : *Abdou, tu me les casses, moi faut que je m'intéresse à ton putain de rap et toi, t'es tellement enfermé dans le trou à rat qui te sert de tête que tu juges le reste sans savoir de quoi tu parles, philosophe de merde !* Miléna en a eu le sifflet coupé, ce qui ne lui était sans doute jamais arrivé depuis qu'elle a appris à parler, elle a ouvert deux billes stupéfaites, a regardé Abdoulaye avec la même tristesse qu'elle aurait eue pour le mouton qui se prenait le mur pour la dixième fois, lui, il a tipé, ce qui dans sa langue de petite racaille au grand cœur veut dire à peu près *OK je me casse mais drapé dans ma dignité !* Miléna a pas osé prendre sa défense ou exprimer sa pitié, elle a des quarts d'heure d'humanité parfois, donc elle est revenue à la phase 4, intitulée « Brancher Lucas ». Moi, j'ai pensé : allumer Lumière...

En rentrant, j'ai posé mon sac par terre dans ma chambre, vidée, sur mon lit une pochette-cadeau m'attendait, avec un mot : *« En cas d'insomnie, bisou, maman. »* Je me suis remise à chialer en déchirant l'emballage, je savais déjà que c'était un livre, vu le format. *La Vie devant soi*, Romain Gary. Je me suis dit : si c'est une love-story, je la pourris. J'ai lu la première page, ça avait l'air bien : une vieille juive qui arrive pas à monter ses six étages et élève les gosses des autres. C'était écrit bizarrement, comme un enfant qui parle mais avec la profondeur d'un vieux sage, des phrases pas franchement d'équerre mais qui me touchaient quelque part, ailleurs que là où j'avais mal et peur, parce que je n'avais plus le cœur au bon endroit. Miléna m'a envoyé un SMS : elle était sur Facebook avec Juliette et elle voulait qu'on peaufine ma stratégie toutes les trois. Je n'ai pas beaucoup parlé de Juliette jusqu'à présent. C'est difficile parce qu'elle ne dit jamais grand-chose sur elle-même. On sait très bien qu'elle a des super notes mais elle les montre pas. Sur Facebook, elle commente le mur des autres mais son journal est pour ainsi dire vide. Les photos qu'elle publie, ce n'est jamais elle en train de se prendre sous son meilleur profil, mais des images qu'elle télécharge, des paysages, des objets insolites, des animaux. Au fond, je sais même pas trop pourquoi elle traîne avec nous. Je crois qu'elle traîne un peu avec qui veut bien d'elle. Mais comme elle fait ça discrètement, comme une ombre gentille qui veut de mal à personne, ça ne dérange pas, à la fin on ne s'étonne même plus qu'elle soit là. À nous trois, on a fait la liste des techniques d'approche les plus efficaces : la méthode cash *tu veux sortir avec moi ?*, la méthode fourbe *y a un bon film au cinéma, ça te tente ?*, la méthode intello *j'aimerais ton avis sur mon prochain devoir*, la méthode fleur bleue, une déclaration manuscrite, et la méthode détournée, en parler avec un de ses meilleurs potes au lycée pour qu'il joue les intermédiaires. Miléna penchait pour la méthode cash, Juliette pour la fleur bleue et moi pour la fourbe. Miléna a écrit : *« t'as la nuit pour y penser »*, puis : *« j'y vais, ma mère hurle pour que je vienne manger »*, Juliette a écrit : *« suis ton intuition, j'y vais, je vais réviser pour demain. »* J'allais me déconnecter quand j'ai vu qu'Abdoulaye avait publié sur mon mur : *« Toi qui joues comme tu veux avec le temps, ne peux-tu mettre fin plus vite à notre tourment ? »* – j'ai pensé *Tiens, il lit « L'Enchanteur », finalement, l'autre bouffon.* Et c'était une petite victoire au terme d'une série de défaites.

Je n'ai pas vu maman ce soir-là, elle était de nuit dans la boîte où elle travaille. Le lendemain matin, quand je suis partie, elle était pas levée mais comme d'habitude, le petit déjeuner était prêt, elle avait même acheté un pain au chocolat, ce qui en langue « daronne » est un message d'amour, et sur mon bol elle avait collé un Post-it *Mange bien pour réussir ton bac blanc.* Je l'avais oublié celui-là. J'ai mieux compris pourquoi Juliette avait quitté Facebook pour aller réviser.

À 8 heures, je me suis assise à une petite table dans l'immense salle polyvalente. On nous avait parqués par ordre alphabétique. Lucas était assis trois tables derrière moi. En passant, il m'a saluée, j'ai tout de suite dégainé : *Faudrait que je te voie. – À quel propos ?* Je n'ai pas eu le temps de réfléchir, j'ai répondu au hasard *La prépa.*

Le sujet est arrivé. *Vous avez quatre heures,* a dit Mme Paulin. *Retournez les feuilles.* « Aimer, est-ce perdre sa liberté ? » Je n'ai pas perçu la durée. J'ai rendu six pages, un truc de ouf, ça ne m'était jamais arrivé, j'avais même pondu une conclusion. J'avais bien suivi les conseils méthodologiques de ma prof et appuyé tous mes arguments sur des exemples : Merlin et Viviane, Hell et Andreas, Katniss Everdeen et sa petite sœur Prim, Momo et madame Rosa, j'avais étalé toute ma culture, et en ouverture, j'avais même cité Aragon : *« Tes yeux sont si profonds que j'y perds la mémoire. »* En passant près de moi au moment de rendre les copies, Lucas m'a regardée, amusé, *Ça va, t'es toute rouge ? – C'est pour la bonne cause, j'ai déchiré !* ai-je souri fièrement. – *Cool, je suis pas mécontent non plus, je me suis appuyé principalement sur Sartre évidemment mais je pense que mes références à Platon et Nietzsche seront pas mal venues aussi.*

À la cantine, j'ai retrouvé Miléna, Juliette, Abdoulaye et quelques autres potes. Abdoulaye demandait à Juliette quels philosophes elle avait utilisés, ce qui était déjà une façon pour lui d'évaluer sa copie, vu que Juliette a toujours les meilleures notes. Elle a dit Platon, saint Augustin et Sartre, principalement, Abdoulaye a dit *Ah bon, t'as pas pris Marx ?* et il avait l'air soudain très inquiet genre *Je me demande si j'ai bien compris le sujet...* Miléna s'est énervée *Bon allez foutez-nous la paix avec ça, c'était qu'un sujet de merde et puis voilà,* Jonathan a éclaté de rire *Vas-y, t'as séché, hein ? Miléna, elle aurait cartonné si on lui avait demandé : Acheter, est-ce une manière d'exister ?* Même moi ça m'a fait rigoler, mais elle, elle s'est lancée dans une liste d'insultes qui m'a fascinée, il y a vraiment des manques dans mon vocabulaire.

À la sortie du lycée, Lumière m'attendait : *On va parler au café ?* Tout le monde nous a regardés nous éloigner. Le club des pétasses a regretté : *Merde, ils se sont remis ensemble.* Il a commandé une noisette, moi un diabolo menthe. C'est lui qui a commencé, ce qui m'a vraiment soulagée, *Donc si j'ai bien compris, tu hésites sur la prépa que tu vas choisir et tu voudrais mon avis ? J'ai pas beaucoup de temps mais c'est important, faut pas se tromper donc je veux bien t'éclairer. Moi je vais faire BL mais je vais monter à Paris parce que Karel, soyons honnêtes, les prépas ici, c'est pas la peine,* j'ai hoché la tête, captivée, *je vise une école de commerce, le top 5 évidemment, pas une sous-merde, donc la question pour toi, c'est qu'est-ce que tu veux décrocher ?* Je ne sais pas ce qui m'est passé par la tête, j'ai répondu *La lune.* Il a ri *Ulm, carrément ! Mademoiselle a de l'ambition. Tu iras à Henri-IV je suppose ?* J'ai pensé à la question qu'on se lançait dans la cour de récréation en CE1 « De quelle couleur est le cheval blanc d'Henri IV ? » J'avais dit *noir,* tout le monde s'était foutu de moi. *Je serais toi, dans ce cas, je laisserais tomber Barjavel et je me ferais Stendhal en long, en large et en travers. – « Le Requin et la Mouette », ça te plaît vraiment ? – J'en sais rien, c'est pas la question, il faut avoir de la culture, à la limite savoir si on aime ou pas c'est secondaire. – Mais, et « Les Yeux d'Elsa » ? – Une résurgence de la poésie courtoise avec des influences surréalistes, c'est ce qu'il y a à savoir. Bon, faut que je file.* Il a déposé une pièce de deux euros pour son café, m'a fait une bise et Lumière s'est éclipsé. Je me suis demandé en quelle langue il venait de me parler, et comment je ferais pour résumer ça à Miléna, avec mes mots à moi.

Heureusement pour moi, elle a une prédilection pour le langage corporel. Il y a des mecs au lycée qui disent qu'elle est chaude. Ça me blesse pour elle. Elle dit qu'elle s'en fout, quand elle entend ça à propos d'elle, elle répond à l'avorton qui a osé *J'suis pas chaude, j'suis bouillante et toi je vais te cramer ta tronche que même ta mère voudra plus de toi.* En général, ça calme. Miléna n'est pas comme on croit : on surinterprète son look, son maquillage, au fond je crois que c'est une féministe dans l'âme, elle a vu cinq fois *La Journée de la jupe* avec Adjani, et sa mère milite à Ni putes, ni soumises. Je l'aime bien sa mère, elle s'appelle Pascale et elle explique à qui veut l'entendre que dans les années 70, quand elle sortait en Mobylette avec ses copines, dans un short tellement court qu'on devinait ses fesses, ça ne dérangeait personne, les mecs lui souriaient, ils ne venaient pas l'insulter. Elle m'avait invitée à dîner chez eux et devant le poulet qui refroidissait, elle m'expliquait que nous aussi, les jeunes, on devait se battre pour pas voir régresser les droits de la femme. Ce jour-là, j'ai mieux compris Miléna, elle avait été élevée à la revendication, et il était évident que quoi qu'il arrive dans la vie, elle ne se laisserait jamais emmerder. Ma mère n'a rien de commun avec Pascale. Quand elle rentre du boulot, je crois qu'elle est trop fatiguée pour revendiquer quoi que ce soit, à part qu'il faut que j'aie fait mes devoirs. Je peux pas lui en vouloir, la mère de Miléna a tété Mai 68 au biberon, son père, un prof de lettres, était sur les barricades, pendant que maman croyait, dans son bled paumé, qu'avoir un jean Levi's, c'était un geste de révolution.

Au lycée, les gens s'imaginent que pour ma copine, la littérature, c'est *Glamour*, mais moi je sais qu'à même pas quinze ans, elle lisait *Le Deuxième Sexe* le soir dans son lit et que ses parents parrainent deux petites filles au Mali. Alors, elle a dit au téléphone *Il t'a fait la bise ? Mais t'attends quoi ma chérie ?! Fonce ! – C'est-à-dire ? – Mais roule-lui un patin, putain, tu veux un dessin ?! – Je crois pas Miléna, t'oublies ce qu'il a dit... En fait, sérieux, j'ai rien compris... – Non, non, j'ai bien entendu, t'as pécho un intello qui se la pète grave, moi ton Lucas j'en voudrais pas, prépa machin, mon cul avec, maintenant, s'il te plaît, qu'est-ce qu'on s'en fout, faut bien commencer quelque part, tu vas pas te marier avec !* Soudain, je n'ai plus eu envie de parler de Lumière, j'en ai eu ma claque des ombres dans ma relation avec elle : *Tu veux faire quoi, toi, dans la vie ?* – deux ans qu'on était potes et je lui avais jamais posé cette question ; « On n'est pas sérieux quand on a dix-sept ans. » *Mais tu sais bien*, elle a dit, comme si on avait déjà eu cette conversation dix fois, *j'hésite entre psycho et juge pour enfants.* Et ça m'a sciée, et même un peu endolorie, que Miléna sache si bien parler de l'avenir au présent de conviction.

On a raccroché, je suis allée voir maman dans le salon. Elle était allongée devant *Plus belle la vie*. Elle m'a vue arriver, elle a juste demandé *Raviolis, ça te dit ? Je suis passée à la Petite Italie. – T'as pris des glaces ? – Stracciatella, mon cœur.* Johanna Marci était en train de parler héritage avec son substitut du procureur. *Henri IV, t'en penses quoi ? – 1553-1610, édit de Nantes, guerres de religion, assassiné.* Johanna Marci avoue qu'elle a signé le testament de la vieille de Lapertuy. Des fois, je comprends vraiment pas maman. *On mange devant « Les Experts » ? – Jamais de la vie, y a « Questions pour un champion » spécial grandes écoles sur la 3 !* Toute la soirée on a joué à répondre à des questions qui font qu'en allant te coucher, tu réalises fièrement que t'es pas le dernier des cons. À la pause, il y avait deux aveugles qui chantaient, j'en ai profité pour demander *Qu'est-ce que je vais faire dans la vie ?* Maman a répondu *Passe ton bac, après on verra, tiens, sois mignonne, va me chercher la bouteille de chianti que j'ai laissée dans la cuisine. – Tant que j'y suis je peux prendre un Bounty ? – Vas-y,* ce qui en langue « parent » signifie *Oui, sniffe de la coke, j'ai rien écouté de ce que t'as dit,* à croire que deux aveugles qui te racontent que le dimanche, c'est jour de mariage, c'est plus captivant que le mercredi de base d'un adolescent. Pourtant, même lobotomisée par sa journée, une mère a des sursauts de responsabilité. À 23 h 15, elle a toqué, a glissé son sourire de mater dolorosa par la porte. *Au fait, ton bac blanc ? – « Aimer, est-ce perdre sa liberté ? » – Carrément, oui ! Et plutôt deux fois qu'une ! – OK, maman... – Allez dodo, mon bébé, demain, c'est anglais. – Bonne nuit maman.* Avant de refermer la porte, elle a dit *Shit, alors !* et j'ai pas su si je devais rire ou pleurer.

Cette nuit-là, j'ai rêvé que Lucas arrivait vers moi au galop sur un cheval blanc, qu'il me tendait *Le Rouge et le Noir* traduit en chinois, que Miléna roulait une pelle à tous les chevaliers réunis pour le combat en criant *Peace and love*, et que maman, vêtue d'une djellaba bleu turquoise rotait à tout va en disant *J'ai mal digéré les raviolis*, puis Julien Lepers me tendait un contrat à signer sur lequel était écrit : « Tu feras jamais rien dans la vie », ce qui en langage des rêves signifie... en fait, j'en sais trop rien !

À la fin des épreuves du bac blanc, dans la foule des lycéens en partance pour des vacances de quinze jours, Lumière m'a attrapé le bras : *Tiens Karel, je te prête ça, t'y fais gaffe hein ? Et tu me le rends à la rentrée.* C'était un volume blanc assez épais et sur la couverture : *Bien choisir sa prépa. – Cool, merci, oh Lucas, tu fais quoi pendant les vacances ? J'aimerais ton avis sur un passage de « Tous les matins du monde »... – Je serai pas là, on part en Toscane : Florence, Sienne... – Les quinze jours ? – Non, non, après je reste quelques jours chez ma tante à Paris, allez salut ! Amuse-toi bien !* Dès qu'il s'est éloigné, Miléna a glissé son bras sous le mien *Alors, tu l'as eu ton rancard ? – Il part les quinze jours. – Bon, faut positiver, ça te laisse le temps de peaufiner encore ta stratégie. – Ça me laisse surtout le temps de m'emmerder. Qu'est-ce que je vais foutre pendant deux semaines ? – Tu vas réviser pour le bac, le vrai,* a lancé Abdoulaye en passant ses bras autour de nos épaules comme un grand frère protecteur pourvu d'ailes d'albatros. – *Moi je pars demain pour Mimizan chez mes grands-parents,* a dit Miléna, *après mes vieux passent me chercher, direction Barcelone, Viva España !* J'ai soupiré pour évacuer les larmes qui s'amoncelaient dans mon gosier. Mes grands-parents sont allongés sous une dalle, leur vieille 4L leur a été fatale, mon père est quelque part dans le Sud avec une pas beaucoup plus vieille que moi, et maman bosse. *Moi je reste là, on se fera un ciné, Karel...* a dit Abdoulaye comme pour me rassurer.

C'est à peu près comme ça que les vacances sont passées. C'est le mot juste, comme quand on est allongé sur la banquette du dentiste qui répète « Détendez-vous », on déglutit comme on peu, on se dit « c'est qu'un mauvais moment ». Le problème, c'est quand le moment se prolonge, que c'est plus un moment mais carrément ta vie, et que tu peux pas te dire « vivement que ça passe » parce que ça revient à souhaiter de crever.

Je me suis levée le plus tard possible pour raccourcir les journées, j'ai maté des DVD, envoyé cinquante CV pour trouver un job d'été, Juliette m'a téléphoné et traînée à la médiathèque pour qu'on fasse des fiches de révision. *T'es pas partie, toi ?* je lui ai demandé. – *Non, cette année c'est pas trop possible.* Elle avait des fiches de couleur par matière, jaune pour l'anglais, bleu pour la philo, vert pour l'espagnol... Je lui ai demandé si elle était pas un peu toquée, elle m'a demandé comment je pouvais n'avoir encore fait aucune fiche de toute l'année, on a éclaté de rire, elle m'a proposé de me montrer comment sélectionner les informations importantes à mémoriser dans le tas de feuilles où j'avais vaguement gratté les cours, je lui ai promis de lui expliquer comment faire un maquillage réussi en moins de quinze minutes chaque matin, puis finalement au bout d'une heure comme j'en avais ma claque des bristols à petits carreaux, j'ai posé un deal sur la table : *Tu me laisses photocopier toutes tes fiches et moi je te fais le relooking de ta vie.* Le lendemain après-midi, elle n'était plus blonde mais acajou de chez L'Oréal, et je jalousais à mort ses yeux bleus que j'avais jamais vraiment regardés, soudain immenses avec un trait d'eye-liner et les paupières turquoise version Yves Rocher. Abdoulaye m'a traînée au ciné, on a vu deux films d'horreur catégorie gore et une comédie sentimentale parce que je l'ai menacé de ne plus jamais lui parler. Au McDo, en fin de journée, tandis que dans la file on se concentrait à fond sur une question existentielle : sauce béarnaise ou sauce au poivre ? je lui ai demandé *Tu sais ce que tu vas faire l'an prochain ?* Il a répondu *Fac d'anglais*, et j'avais les boules : même lui il savait ! – *Et toi ? – J'en sais rien, ça me saoule. – Moi je te verrais bien esthéticienne ou un truc comme ça. – Tu déconnes ou quoi ? Tu crois que j'ai envie d'arracher des poils toute la journée ? – Pourquoi pas un BTS ?... Je t'imaginerais bien dans le tourisme.* On s'est assis, la sauce au poivre dégouline du sandwich dans lequel il vient de planter son imposante mâchoire. *Ou la fac, comme moi fac d'anglais, ou psycho comme Miléna. – Elle t'en a parlé ?* Je suis étonnée, je croyais qu'elle m'avait fait une confidence. *Qu'est-ce que tu crois, qu'on passe juste notre temps à se vanner ?* Des résidus de salade vert pâle se retrouvent projetés sur le plateau. Abdoulaye déchire un stick de ketchup pour ensanglanter ses frites. Puis soudain, il devient très sérieux, ce qui en Abdoulaye engendre immanquablement trois rides entre les sourcils comme une petite montagne de soucis. *Va quand même falloir que t'y penses sérieusement. – Mouais, je crois que j'attends de voir si j'ai le bac, on sait jamais. – Ça t'empêche pas de te projeter, tu vas pas attendre comme une bouffonne que les circonstances décident à ta place. Rien à voir, mais je voulais te poser la question depuis un moment, qu'est-ce que tu lui trouves à Lucas ?* J'ai bu quelques gorgées de soda pour me laisser le temps de réfléchir *Il est beau,* j'ai dit avec conviction. *Et ? – Et quoi ?* je lui ai demandé. *Ça te suffit pas comme raison ?* Abdoulaye a haussé les épaules, ce qui signifiait « Je renonce à comprendre, mon hamburger est vachement plus passionnant ».

Le dimanche, veille de la rentrée, maman a préparé un super déjeuner : steak-frites et, en dessert, elle a fait péter une tarte aux fraises. Je me suis étonnée : c'est pas mon anniversaire... Puis je me suis inquiétée : *T'as rencontré quelqu'un ?* Elle a souri, de son sourire de daronne super fière qui sent le roussi : Non mais j'ai appris quelque chose qui m'a fait vraiment super plaisir ! Les fraises m'ont eu l'air d'un coup vachement moins amicales. *Tu exagères de m'avoir caché ça mais je t'en veux pas ! Ah, si tes grands-parents étaient là ! Ma fille va aller en prépa !* Là, j'ai compris : les fraises c'était pas des fraises mais des piments, et maman avait fait le ménage, comme tous les premiers dimanches du mois, et elle était tombée sur le bouquin de Lucas dans ma chambre, ça m'apprendrait à pas la ranger correctement moi-même. Dans ma tête, en lettres clignotantes version Las Vegas s'affichaient les syllabes *Oh là là ! – C'est pas du tout ce que tu crois t'emballe pas,* j'ai communiqué, et le sourire de maman s'est soudainement affaissé, on aurait dit un tournesol qui vient de prendre un coup de chaud et qui tourne de l'œil. Et vous savez quoi, ça m'a fait de la peine, vraiment, pourtant c'est pas souvent que je ressens autre chose que de l'agacement envers ma mère. Mais sur le coup, j'ai eu l'impression d'annoncer à une gamine de huit ans « Calme ta joie, finalement on n'ira pas à Eurodisney et tu vas pas rencontrer Mickey parce qu'il s'est fait buter ». Alors j'ai rengainé mon pistolet : *Enfin, la prépa, j'y ai pensé, oui, maman, mais y a rien de fait, déjà c'est sur dossier, et mon dossier... hum ! Bon bref, j'hésite entre plein de choses, quoi, c'est pas décidé.* Elle a pris un grand couteau, que j'ai maté avec méfiance, elle l'a enfoncé dans la chair des fraises et a souri de toutes ses dents. *Karel tu peux pas savoir comme je suis heureuse qu'on ait cette conversation, et puis surtout je te dois des excuses ma chérie.* Allons bon ! *J'ai honte, tu sais, je pensais que t'avais jamais vraiment réfléchi à ton avenir, que tu t'en foutais alors que pas du tout, tu empruntes même des livres pour te documenter, je suis une mère indigne Karel, je t'ai mal jugée alors que t'es mûre, la tête sur les épaules, tout le contraire de moi.* Cette fois, c'est sûr, je me suis dit, le quart d'heure psy est avancé, dans moins de cinq minutes elle va encore parler de mon père, *voilà, c'est ça, j'ai tellement peur que tu me ressembles, que tu fasses les mêmes erreurs que moi... Des fois j'en dors pas la nuit, je me ronge les sangs... C'est con ! Quand je vois comment tu prends ta vie en main !* Elle dépose une grosse part de tarte dans mon assiette, je la laisse continuer de parler, affreusement gênée, c'est comme si j'étais en train de recevoir un prix ou une récompense qui n'était pas pour moi. *Tu sais ma chérie, l'argent c'est pas un souci, tu dois choisir ce qui te plaît vraiment, s'il faut, je prendrai un crédit, je ferai cracher ton père* – ça y est, on y est –, *il te doit bien ça depuis le temps qu'il verse plus sa putain de pension.* Et blabla, et blablabla... *Maman, je peux y aller ? J'ai des devoirs à finir pour demain. – Oui, bien sûr, va ma chérie, je m'occupe de débarrasser.*

Cette nuit-là, j'ai encore fait un rêve vraiment chelou : j'étais poursuivie par des fraises géantes qui hurlaient : « Viens nous épiler, on a payé pour ça ! » Je trouvais ma mère en train de faire la manche sur un trottoir, je l'attrapais par le bras : « Vite maman on se tire y a des fraises après moi », et elle souriait et disait : « Bravo ma chérie t'es reçue en prépa, je regrette pas de m'être ruinée pour toi ! »

En me réveillant en sursaut, je me suis promis de passer au CDI emprunter un bouquin sur l'interprétation du langage des rêves.

Pas besoin de bouquin, a dit Miléna le lendemain quand on s'est retrouvées devant la grille du lycée. Elle avait la peau toute dorée. *Freud est très clair là-dessus : les rêves expriment des désirs inconscients ou règlent des conflits.* Sur ses lunettes remontées dans ses cheveux bruns méchés d'un blond ensoleillé scintillaient les lettres *D&G. Yo !* a beuglé Abdoulaye en nous faisant la bise comme si on s'était pas vus depuis des mois. *Que tal ? – Muy bien !* a répondu Miléna en riant. *Que calor los chicos de Barcelona ! – T'as bien dragué ? – Plus que toi, hi' de puta !* Et ils se sont marrés comme des baleines – je comprendrais jamais quel plaisir ils ont, ces deux-là, à se montrer qu'ils s'aiment en s'insultant à longueur de temps comme si « fils de pute » était un compliment ! Juliette est passée à côté de nous sans nous calculer. *Bah qu'est-ce qu'elle a ?* s'est étonnée Miléna. – *Je crois qu'elle aime pas la couleur que lui a fait Karel,* a répondu Abdoulaye. – *C'est toi qu'a fait, ça ?* m'a demandé Miléna. J'ai souri, l'air satisfait. – *Touche jamais à mes cheveux,* elle a dit. Sympa, les copines !

Lumière est arrivé, j'ai planté les deux autres. *Eh ! Lucas !* Je lui ai tendu son bouquin. *Ah merci, mais c'était pas pressé à ce point-là ! – Alors, l'Italie ? – On ne parle que de Florence, mais toute la Toscane est à Sienne... J'y vais, salut.*

Histoire de se mettre en jambes, comme on dit, on a commencé ce matin-là par deux heures de philosophie. Mme Paulin nous a rendu nos copies de bac blanc. Abdoulaye, à côté de moi, ne s'en était pas trop mal sorti : 11/20. Juliette s'est mise à chialer, on en a tous conclu : *incroyable, l'intello de base s'est plantée, comment ça a pu arriver ?* Il restait plus que deux copies, la prof a dit *J'ai eu le plaisir de mettre un 16/20.* J'ai souri : avec les six pages que j'avais pondues, c'était forcément moi, maman allait être super fière, et Lucas, j'allais lui en boucher un coin ! Je reçois ma feuille : 6/20. J'ai pensé *La con, elle a oublié le 1 devant le 6.* Mais j'ai entendu Abdoulaye, il avait beau être juste à côté, j'avais l'impression qu'il me parlait de vachement loin, genre la Mauritanie, *Comment elle a assuré, Miléna !* Là, j'ai eu la rage, une vieille rage bien puante et bien brûlante, du genre régurgitation de la ratatouille de la cantine : comment Miléna, mademoiselle Dolce & Gabbana « j'ai dragué tout ce qui bouge à Barcelona » avait pu avoir 16/20 ? Et en même temps, j'ai eu honte, mais comme jamais : j'arrivais pas à être contente pour ma meilleure pote. Je suis une salope. Sur ma copie, Mme Paulin avait écrit : *« Vous ne manquez pas d'idées, justes, pour la plupart, mais renoncez à la métaphore, qui n'est pas conceptuelle, et songez qu'on attend de vous en cette fin d'année que vous soyez capable de vous appuyer sur des penseurs majeurs, Platon, St Thomas, Descartes, Sartre (cf. vos cours de cette année) plutôt que sur des succès de librairie. Ne baissez pas les bras ! »* J'ai baissé la tête. Et fait la gueule toute la journée : deux jours après, toutes les copies ayant été rendues, j'ai réalisé que si j'avais ces notes-là, un mois et demi plus tard, je n'aurais pas mon bac.

Le soir, devant le cassoulet en boîte William Saurin, maman a remarqué *Qu'est-ce qui ne va pas Karel ? T'as pas l'air dans ton assiette...* j'ai éclaté en sanglots. Elle s'est levée d'un bond, m'a prise dans ses bras comme quand j'avais trois ans. *Mon bébé, qu'est-ce que tu as ? Tu peux tout dire à maman...* J'ai presque hurlé entre deux sanglots *J'ai eu 6 à ma dissertation de philo !* Ni une, ni deux, elle a ordonné *Va me chercher ta copie, je veux la lire* puis toute la soirée, elle m'a cajolée, on s'est pelotonnées sous une couverture devant *Esprits criminels* avec un gros pot de glace vanille-noix de macadamia.

Le lendemain matin, maman était partie sur les coups de cinq heures et près de mon bol sur la table de la cuisine, il y avait ma copie avec un mot de sa main, elle l'avait lue et s'était sans doute couchée très tard pour cela : « *Ta prof est une conne, ma fille chérie, j'ai adoré ce que tu as écrit, c'est très profond et ta culture m'a impressionnée (la référence à Momo et madame Rosa, formidable). Après tout, la philo, ça sert pas beaucoup dans la vie, ce qui compte, ce sont tes autres notes du bac blanc, tu me les diras quand tu les auras, ça va aller, te prends pas la tête, maman qui t'aime !* »

D'avoir autant chialé, j'avais moins la rage contre Miléna qui m'a serrée dans ses bras quand je suis arrivée au lycée *Ça te dit qu'on se mette sérieusement à réviser ? On pourrait faire ça à trois, toi, moi et Abdou. Et après toutes ces privations, on se fixe une date pour une teuf de tous les diables à la fin juin ! Bon, t'en es où avec Lucas ?* J'ai répondu 6/20. Et elle a dit, je l'adore, *On s'en fout, moi, je te mets 20/20.*

Il m'a semblé que j'avais assez perdu de temps. À la récréation de 10 heures, je me suis dirigée droit sur Lumière, sans lancer un regard aux quelques copains qui l'entouraient : *Lucas, j'aimerais te parler, t'aurais du temps ce soir après les cours ?* Les gars autour ont braillé *Ouuuh* genre « Assume mon pote, t'as un ticket ! » Je leur ai lancé *Bon, les maternelles, retournez dans votre bac à sable,* ça a fait sourire Lucas, *Pas ce soir, après-demain, ça te va ?*

Quand je suis rentrée des cours, maman m'attendait avec un thé dans la cuisine, elle avait fini à 15 heures. *Je t'ai acheté un bouquin.* J'ai pensé « Encore ? », sans rien dire d'autre qu'un sourire. Elle m'a tendu une pochette Fnac, dedans, il y avait un pavé : *Psychotests, mieux se connaître, trouver la profession pour laquelle on est fait.*

Ça m'a occupée toute la soirée, je suis même pas allée sur Facebook ni Twitter.

Je mâchonnais un crayon en papier avachie sur mon lit en string et en T-shirt, et je me concentrais sur les questions avec autant d'énergie que si toute mon existence en dépendait, et puis, ça me faisait délirer de parler de moi avec moi-même, et de me regarder soudain comme un être vachement compliqué et plein de nuances. *« Ce qui m'attire le plus : a) Être au contact de la nature b) Résoudre des problèmes c) Créer des choses originales... Je préfère : a) Être le centre de l'attention b) Passer inaperçu(e)... »* À deux heures du matin, le verdict est tombé :

« Votre sens inné des relations et votre goût pour la communication vous poussent manifestement vers les métiers de l'échange et de l'humain tels que la vente, l'hôtellerie et la restauration, le tourisme... Voir page 254 l'ensemble des fiches métiers correspondant à votre profil. »

Je les ai lues une par une, en privilégiant celles qui demandaient le moins d'études : deux ou trois ans, ça me semblait idéal, ce qui éliminait ambassadeur et les métiers du droit. Assistante sociale, c'était hors de question : les malheurs des pauvres, très peu pour moi. Pareil pour la restauration et la vente : aucune envie de rester debout toute la journée à transpirer derrière un tablier noir ou bleu avec une étiquette « Karel à votre service » sur le décolleté. J'ai repensé à ce que m'avait dit Abdoulaye : BTS tourisme – pourquoi pas ?

Soudain, on est jeudi soir : Lumière est assis face à moi, devant une noisette, comme l'autre fois. Miléna m'a prêté ses lunettes de soleil D&G et a choisi ce que je porte avec moi par téléphone. À la récré de 10 heures, elle a supervisé le maquillage : *Léger, mais il faut mettre les yeux en valeur,* elle a dit, *le khôl, y a que ça de vrai et le dernier Volumissime de L'Oréal.* Elle a retouché mes sourcils à la pince à épiler. *Aucun mec a envie d'embrasser un yéti, les sourcils, c'est déjà un indice de ce qu'il y a dans la culotte,* j'ai rougi. Elle m'a filé une capote à la pomme, *On sait jamais ma poule vaut mieux être prévoyante !*

Il tourne le sucre avec sa petite cuillère. *Alors, t'as choisi ? – Quoi ? – Ta prépa. – Je me demande si je vais pas faire un BTS.* Il lève les yeux au spot halogène, comme si je venais de lui dire *Tu sais, je crois que je suis voyante extra-lucide. – Tu m'as demandé de venir pour quoi ?* Je respire un grand coup, je replace ma mèche derrière l'oreille comme Miléna m'a appris, en passant légèrement ma langue sur mes lèvres rose pâle. *Lucas, est-ce que ça te dirait de… sortir avec moi ? Je veux dire, on se parle pas mal depuis quelque temps… – On se parle pas mal ?* il répète. *Tu plaisantes ?!* Il éclate de rire. Je sais pas si c'est bon signe. *On a échangé deux-trois banalités. Comment te dire ? Évidemment, je suis flatté, ça fait toujours plaisir mais petit un : j'ai une copine sur Paris, elle est en terminale S et va faire une prépa aussi, petit deux : même si j'étais du genre infidèle, enfin, le prends pas mal, t'es sympa, mais quoi, tu me plais pas, lunettes Dolce & Gabbana, BTS tourisme, « L'Enchanteur »… Enfin, tu vois, quoi ? C'est juste pas possible. Oh je me bile pas, tu vas trouver quelqu'un… On reste potes, t'es d'accord ? On va pas se faire la gueule pour ça… – Bah non, c'est sûr, c'était juste une question en passant tu sais. – Oui, j'ai compris, t'inquiète, au moins, je t'aurai fait découvrir « Les Yeux d'Elsa » ! – Oui, merci.* Il s'en va.

Je n'ai pas bougé. J'ai regardé la petite tasse dans laquelle il avait bu sa noisette, avec des lambeaux de sucre au fond comme du vomi, et j'ai pensé à l'expression *se prendre un râteau.* D'où vient-elle ? Ce n'est pas courant, sur les trottoirs, les râteaux. On dit aussi *rouler une pelle.* C'est très champêtre tout ça. Une vraie cabane à outils au fond du jardin. Ce n'est plus de l'amour, c'est une balade chez Castorama. J'ai continué la liste : *se faire emmancher, en pincer pour quelqu'un...* J'ai cherché comment dire ce qui venait de se passer, et *râteau* ne me convenait pas : *marteau, enclume, cisaille, faux ?*

Finalement, c'est Aragon qui m'est venu : *« Comme un joueur qui lit aux dés le point perdant. »* La poésie, parfois, ça a du bon.

Je me suis mise à chialer. Abdoulaye est entré dans le café. Ça m'a énervée, je n'aurais pas voulu qu'il me voie comme ça, avec Cils Volumissimes de l'Oréal en train de dégouliner sur mes joues. Quand il a dit *Salut !* et qu'il a vu les traînées noires, il s'est exclamé *Ouaoh ! On dirait Natalie Portman dans « Black Swan » !* et moi, je me suis mise à dégouliner encore plus fort. *Un café, s'il vous plaît ! Bien noir – non, je déconne, c'est pour te détendre...* J'ai souri vaguement. *C'est Lucas ?* J'ai hoché la tête en sortant un paquet de Kleenex de mon sac. *Il t'a manqué de respect ? Si c'est ça, je lui fais la tête au carré moi à ce blanc-bec ! – Non, c'est juste que... je me suis fait jeter. – Il t'a mis un râteau ? – Un marteau, tu veux dire ? – Si tu préfères... Bon, bah si y a que ça, faut pas te mettre dans tous tes états ! – Mais merde Abdou, t'es bouché ? Je viens de te dire qu'il veut pas de moi ! – Et après ? Tu le connaissais même pas. – Si, je le connaissais, figure-toi, on s'est passé des tas de livres et on a vachement parlé ! – Ah ouais ? Alors, explique-moi, à part qu'il est beau, qu'est-ce que tu peux me dire de lui ? – Il va aller en prépa, il a été en vacances en Italie et... – Et... ?* Je me tais. *Ridicule !* il s'esclaffe. *Tu chiales pour un mec que tu connais même pas ! Si ça se trouve, c'est un gros con et t'as même pas eu le temps de t'en rendre compte, il t'a peut-être rendu service en te disant non. – Casse-toi,* je le baffe en le regardant avec tout le visage noir. – *Non, t'es mon amie, Karel... – Ah bon ? Lâche-moi avec tes grands mots, tes beaux discours, tu sais pas de quoi tu parles. – T'as remarqué que Juliette a pleuré lundi ? – Ouais, elle s'est plantée en philo. – Tu lui as demandé ? – Pas besoin, je la connais. – Ah ouais ? T'as remarqué qu'elle est pas revenue depuis ? – Elle a une angine ou un rhume, qu'est-ce que tu veux que ça me fasse ? – Tu savais que sa mère avait un cancer ?* Je le regarde. Je ne bouge plus. *Non, je... – Sa mère est morte lundi soir. C'est pour ça qu'elle allait pas bien. À sa copie de philo, elle a eu 18, comme d'habitude. Elle a pas d'angine, ni de bronchite, ni rien, c'est « juste » qu'elle a enterré sa mère. – Merde,* je dis, *je savais pas. – Tu vois, Karel, c'est ça le problème avec toi, tu chiales pour un type parce qu'il est beau et qu'il veut pas de toi et le monde s'arrête là, y a ton nombril et les gens gravitent autour, tu sais quoi ? Tu me déçois, quand je t'ai vue en train de pleurer par la vitre tout à l'heure, j'ai cru que tu t'inquiétais pour Juliette, mais non, t'étais même pas au courant. C'est pas la peine de te maquiller le matin, t'es moche à l'intérieur !*

***

18 juin.

La date de l'appel à la Résistance du général de Gaulle.

La date du bac, première épreuve.

Avec Miléna et Juliette, on s'est donné rendez-vous une heure avant au café pour prendre ensemble un petit déjeuner.

Depuis un mois, on est devenues un trio

inséparable. On s'est invitées à tour de rôle les unes chez les autres, et on a passé tous nos samedis à la médiathèque où on a révisé comme des forcenées. Ma mère et celle de Miléna appellent régulièrement le papa de Juliette, Antoine, pour proposer leur aide. Il se retrouve avec trois filles à élever : Sarah, la petite dernière, a onze ans.

Depuis la fois où on s'est engueulés au café, Abdoulaye et moi, on ne s'est jamais reparlé. Je suis trop fière pour aller le trouver et lui dire qu'il avait raison. Il me manque vachement. Tant pis.

Hier soir, j'ai reçu un texto de mon père : « *J'en reviens pas d'avoir une fille qui passe le bac ! Bonne chance !* » J'ai répondu : « *J'en reviens pas d'avoir un père qui s'en souvient* », et ça m'a fait vachement du bien.

Quand Juliette, qui est redevenue à peu près blonde, est arrivée, je me suis jetée à son cou *Ça va ma belle ? – Et toi, ma Karel ? Bon, tu te stresses pas, hein ? Le bac blanc, c'est du passé, ce coup-ci, tu vas déchirer !*

Jus d'orange, croissants, baguette, beurre, confiture de fraises, on se perd en probabilités sur ce qui va tomber.

Miléna avale son café noir, simplement, elle nous assure qu'elle peut rien manger. *Cette fois, c'est décidé*, elle dit, *ce sera psycho. Et vous ? – J'ai choisi BTS tourisme, comme prévu,* je réponds. – *Hypokhâgne, j'ai pas changé d'avis,* sourit Juliette.

Par la vitre contre laquelle on est installées, on voit un Black passer. *Oh ! Abdoulaye !* s'exclame Miléna, je l'interrompts aussi sec. – *Lui fais pas signe, j'ai aucune envie de le voir.* Miléna retient sa main, elle s'apprêtait à cogner à la vitre. – *Je sais pas ce qui s'est passé entre vous, Karel, mais tôt ou tard va falloir vous réconcilier. Ça peut pas continuer comme ça.* Je réponds : *Quelqu'un veut encore du jus d'orange ?*

« Que gagne-t-on en travaillant ? » a lancé le début du marathon.

Au terme des épreuves, dans la cohue du point final et l'épuisement des dissertations, traductions et autres équations, je me suis adossée à la grille, en attendant les filles qui n'avaient pas composé dans la même salle que moi, question d'ordre alphabétique. J'ai vu Abdou arriver. Il m'a regardée fixement. Puis, soudain, comme s'il obéissait à une voix qui venait de lui donner un ordre, il s'est approché de moi, a laissé tomber son sac par terre, et a collé sa bouche contre la mienne – pour me rouler un baiser.

Sélection de titres publiés chez Oskar
Pour plus d'informations, consultez notre site :
www.oskarediteur.com

Sylvie Baussier et Pascale Perrier
Condamnée à écrire

« J'ai 14 ans et je m'appelle Emma. Il paraît que je suis trop violente. D'ailleurs je vais passer au tribunal. La juge, ma mère et le reste du monde peuvent bien penser ce qu'ils veulent, je n'irai plus au collège. Mon refuge, ce sera la prison. Comme papa. » Mais les juges ont parfois de drôles d'idées : Emma est condamnée à une peine d'écriture.

Josette Chicheportiche
Une vie retrouvée

Pour oublier un chagrin d'amour, Gina part en vacances dans le Cantal. Là-bas, elle souhaite rencontrer sa grand-tante qu'elle ne connaît pas. Un mystérieux secret de famille entoure cette vieille femme et l'histoire de la famille de Gina. Elle sent que cette rencontre est primordiale, quitte à bouleverser sa vie et son regard sur le monde.

Véronique Delamarre Bellégo
SOS Ange gardien

Kevin traverse une mauvaise passe. Comment les

choses pourraient-elles s'arranger ? En appelant très fort son ange gardien pour qu'il vole à son secours ?

La guerre des crottes

Quand d'intrépides enfants décident de se battre contre les centaines de kilos de crottes de chien qui jonchent les trottoirs de la ville, la guerre des crottes est déclarée ! Tous aux abris ! Amis lecteurs, vous n'êtes pas au bout de vos surprises...

Marie-Florence Ehret

Mon père

Simon, 16 ans, vit seul avec sa mère à Paris. Il n'est pas un élève très studieux et s'ennuie à l'école. Aussi, quand son père lui propose une virée buissonnière en moto, l'adolescent saute de joie. Il ne sait pas que ce grand périple de printemps sur les routes de France va changer sa vie.

Faim de vie

Mai 68. Un vent de révolte souffle sur la jeunesse française. Au cœur de toute cette agitation, deux jeunes filles se rencontrent, Vanessa et Élise, qui partagent la même passion pour la poésie, la même quête de liberté, la même faim de vie...

Véronique Foz

L'échange

Estelle a 13 ans. Jolie, intelligente, en bonne santé, elle est aussi profondément seule et malheureuse. Pourtant, ce n'est pas faute de posséder tout ce qu'il faut et d'avoir des parents qui se plient à ses quatre volontés ! Depuis son divorce, la mère, désespérée, ne sait plus quoi inventer pour lui plaire. L'adolescente révoltée rêve d'être une autre, n'importe quelle autre…

Christian Grenier

L'amour pirate

En France, c'est la guerre d'Algérie. Christophe, 16 ans, tient un journal intime, pour ne rien oublier, pour l'aider à comprendre comment il est tombé amoureux d'Anne, cette jeune femme de 25 ans.

Régine Joséphine

Je t'aime, signé Lou(p)

Blottie dans un réduit où s'entassent valises et cartons, la mère de Dièse pleure toutes les nuits sur des lettres étrangement raturées. Signées : Lou(p). Sa fille soupçonne un secret terrible. Lorsqu'elle découvre la vérité, la colère l'emporte sur la raison. Coûte que coûte, elle libèrera sa mère des fantômes de son passé...

Jean-Luc Luciani

Fugue traversière

Julien se retrouve perdu au sein de sa famille après la mort violente de son frère aîné, Nicolas. Il décide de s'enfuir de chez lui, histoire de faire comprendre à ses parents que la vie continue malgré tout et que lui est toujours vivant. La vie doit continuer, la vie va continuer.

Une lentille égarée dans une boîte de petits pois

Dominique se pose mille questions sur lui-même et le monde qui l'entoure. Pourquoi a-t-il la désagréable sensation d'être mis à l'écart au collège, comme un pestiféré ? Pourquoi Gros Louis ne le supporte-t-il pas ? Pourquoi certains l'appellent-ils le « rêveur solitaire » ?

Hervé Mestron

J'irai graffer sur ta tombe

Enfant, Joseph reçoit de son père poète un canif. Avec, il va graver partout où il peut des mots imaginaires. À la mort de son père, il dépose en symbole ce couteau dans le cercueil. Mais Joseph a grandi. Les murs du collège sont maintenant une prison pour lui, le jeune homme ne trouve son apaisement qu'en dessinant sur les murs. Joseph le graveur de mobilier public est devenu Joseph, le graffeur. Il est connu sous le nom de Fiasco...

Martine Pouchain

Sako

Près d'un pavillon coquet, des caravanes déglinguées où vivent des, sans-papiers. La vieille Mado n'attend plus rien de la vie lorsque Sako pointe sa jeune frimousse à travers la haie de son jardin. Tout les sépare : l'âge, la couleur, la tradition. Tout sauf la solitude...

Carole Prieur

Une histoire à vieillir debout

Le grand-père de Lou a fugué de sa maison de retraite. La mère de Lou aussi furieuse qu'inquiète se lance à sa recherche. Lou décide à son tour de retrouver son grand-père et fugue avec son amie Najette.

Sophie Rigal-Goulard

Sans toi papa...

Le père de Florentin est parti. Installé dans une nouvelle ville, Florentin subit les moqueries de Tony, le petit « boss », avec son année de plus et ses muscles déjà impressionnants...

Maryvonne Rippert

Alabama blues

Lou a l'impression d'être transparent et à la maison, il ne trouve pas sa place. Un jour, il croise Dexter La Cie, musicien « apparemment » SDF. Cette rencontre va changer sa vie...

Alabama blues est le premier livre qui permet l'écoute gratuite et intégrale, avec un smartphone, des chansons qui rythment sa lecture. La bande originale est signée par le groupe Les Chics Types.

Jo Witek

Petite peste

Jessie n'a pas la langue dans sa poche et ne peut s'empêcher de dire aux gens leurs quatre vérités. Pourtant, la petite peste de Valras-Plage réussit à se faire des copains pour fonder un « Clan des Cabossés ». L'amitié de Manuel le bègue et d'Arthur le moche sera-t-elle assez forte pour démasquer son douloureux secret ?

Muriel Zürcher

Papa Yaga

Pour Caillou Roglin, pas question de partir vivre en foyer ! Même si ça signifie faire semblant d'être normal... et taire tout de sa vraie vie : sa mère et ses dessins d'amour sur post-it, son pote Karim avec qui il picole des sodas le mercredi, et surtout sa confidente, Yaga, la vieille Indienne, qui a planté son tipi sur le parking.

Publié par Oskar
21, avenue de la Motte–Picquet
75007 Paris - France
Tél. : +33 (0)1 47 05 58 92
Fax : + 33 (0)1 44 18 06 41
E–mail : oskar@oskarediteur.com
Site Internet : www.oskarediteur.com

Auteur : Gwladys Constant
Graphisme : Jean-François Saada
Direction éditoriale : Françoise Hessel
Mise en page : David Lanzmann

ISBN : 979-10-214-0078-8
Dépôt légal : mai 2013
Imprimé en Europe
Loi n° 49–956 du 16 juillet 1949
sur les publications destinées à la jeunesse